SACRAMENTO PUBLIC LIBRARY

S

D1107326

BILLIE B. BROWN

SALLY RIPPIN

ⓑ Bruño

5.ª EDICIÓN

BILLIE B. ES MUY LISTA

Título original: *Billie B Brown*
The Beautiful Haircut / The Secret Message
© 2010 y 2011 Sally Rippin
Publicado por primera vez por Hardie Grant Egmont, Australia

© 2014 Grupo Editorial Bruño, S. L.
Juan Ignacio Luca de Tena, 15
28027 Madrid
www.brunolibros.es

Dirección Editorial: Isabel Carril
Coordinación Editorial: Begoña Lozano
Traducción: Pablo Álvarez
Edición: María José Guitián
Ilustración: O'Kif
Preimpresión: Francisco González
Diseño de cubierta: Miguel A. Parreño (MAPO DISEÑO)
ISBN: 978-84-696-0114-3
D. legal: M-24511-2014
Printed in Spain

Reservados todos los derechos.
Quedan rigurosamente prohibidas, sin el permiso escrito de los titulares del *copyright,* la reproducción o la transmisión total o parcial de esta obra por cualquier procedimiento mecánico o electrónico, incluyendo la reprografía y el tratamiento informático, y la distribución de ejemplares mediante alquiler o préstamo públicos. Pueden utilizarse citas siempre que se mencione su procedencia.

BILLIE B. BROWN

EL CORTE DE PELO

Capítulo 1

Billie B. Brown tiene
tres muñecas, un montón
de horquillas de muchas
formas y colores y un peine
rosa.

¿Sabes qué significa la B
que hay entre su nombre
y su apellido?

¡Sí, has acertado! Es una B de

BONITO

PEINE
ROSA

TRES
MUÑECAS

HORQUILLAS
BRILLANTES

Hoy Billie quiere jugar a los
peluqueros y hacerle a alguien
un bONitO corte de pelo.
De hecho, quiere cortarle
el pelo a Jack.

Jack es el mejor amigo
de Billie.

Viven puerta con puerta
y siempre hacen lo mismo.

Si Jack quiere construir
una cabaña, Billie le ayuda.
Si Billie quiere jugar al fútbol,
Jack juega con ella. Pero hoy
Jack no quiere jugar con Billie.

—¿Por qué no quieres
que te corte el pelo?
—le pregunta Billie—.
Puedo dejarte muy guapo.

—No, gracias —responde Jack
frunciendo el ceño.

—¿Por qué no? Soy una gran peluquera. Puedo hacerle a cualquiera un corte de pelo GENIAL.

Jack se frota la cara y replica:

—Estoy muy bien así, Billie. ¿Por qué no jugamos a otra cosa?

—No,
yo quiero jugar
a los peluqueros
—replica Billie,
ENFADADA—. Si tú
no quieres jugar
conmigo, vete a tu casa.

Jack se queda mirando
fijamente a Billie.

Billie se queda mirando
fijamente
a Jack.

Al final, Jack se levanta y, sin decir nada, sale de la habitación de su amiga.

Billie mira por la ventana y ve a Jack salir al jardín.

Su amigo se cuela por el agujero de la valla que separa los dos jardines y vuelve corriendo a su casa.

Billie está muy DISGUSTADA. Le tocaba a ella escoger a qué jugar, y escogió jugar a los peluqueros.

¡Jack ni siquiera ha permitido que Billie lo peine!

De todas formas, ahora Billie no tiene tiempo de PREOCUPARSE por Jack. ¡Es una gran peluquera, y tiene montones de clientes!

Capítulo 2

Billie mira sus muñecas.
Todas tienen el pelo largo.

—Para jugar a
los peluqueros
no necesito a Jack.
Os tengo a vosotras
—les dice—. Bueno,
¿quién es la primera?

Billie no acaba de decidirse
por ninguna, pero al final
escoge a Claudia.

—¡Claudia, mira qué pelo
tienes! ¡Está hecho un
desastre! Te lo voy a arreglar.

Al principio, Claudia tenía una
melena preciosa, pero ahora
está enredada.

MELENA
RUBIA,
UN POCO
ENREDADA

VESTIDO
AZUL

BOTAS
ROJAS
SUPERCHULAS

El pelo largo es difícil
de cuidar, porque hay que
cepillarlo muchísimo, y eso
puede ser bastante aBURRiDO.

Billie decide ponerle a Claudia
una horquilla de diamantes,
pero luego cambia de idea y
elige un coletero en forma de
flor.

La mira ENtUSiaSMaDa
y le dice:

—Humm, así estás mucho
más guapa.

A continuación llega el turno
de Silvia.

Silvia tiene el pelo oscuro,
como el de Billie, y justo
los mismos años que ella.

A Billie le chiflan sus botines
azules y su vestidito amarillo.

Al principio el pelo de Silvia
era brillante y suave,
pero un día Billie, sin querer,
le echó un poco de pegamento
encima, y ahora está hecho
UN PEGOTE.

¡QUÉ DESASTRE!

Pero, TRANQUILIDAD, Billie puede arreglar cualquier problema: le pone a Silvia una horquilla en forma de corazón y... ¡Sí, así está MUCHO MEJOR!

MELENA
OSCURA

HORQUILLA
EN FORMA
DE CORAZÓN

BOTINES
AZULES

La tercera muñeca de Billie ③
se llama Sandra, aunque ahora
todos la llaman RoÑoSa.

Roñosa tenía unos largos rizos
pelirrojos que se le han puesto
un poquito verdes.

Billie se la dejó olvidada en el
jardín durante tres semanas, y
a la pobre le salió moho con la
lluvia.

Sigue siendo bonita, pero,
en fin, la pobre está un poco
moHoSa.

Roñosa está mucho más guapa
con una horquilla, ¿verdad?
Esta tiene forma de lazo
VERDE. Va a juego con
el vestido VERDE de Roñosa.
¡Y también con el moho
VERDE de Roñosa!

LaZo
VERDE

VESTiDo
VERDE

caLcetiNeS

ZaPatiLLaS
amaRiLLaS

Las muñecas son muy buenas clientas. Están quietecitas y calladas. «Jugar con ellas es mucho mejor que jugar con Jack», piensa Billie. Pero, al rato, empieza a aburrirse.

Billie es una gran peluquera, aunque los peluqueros de verdad no se limitan a peinar y poner horquillas... Los peluqueros de verdad cortan el pelo.

Billie busca en el estuche
sus tijeras de plástico rosa.

Son muy buenas para cortar
papel, y Billie espera
que también sirvan
para cortar pelo.

Billie pone a Claudia
en su «sillón de peluquería».

Intenta cortarle el pelo por
detrás, pero no lo consigue.

Después lo intenta con Silvia
y Roñosa, pero no hay manera.
Las tijeras de plástico sirven
para cortar papel, pero no para
cortar pelo. Billie frunce
el ceño. ¿Cómo va a ser
peluquera si no puede cortar
el pelo?

Entonces, a Billie
se le ocurre una idea.

Capítulo 3

Billie entra en el cuarto de baño, abre un cajón y ve unas tijeritas.

A Billie no le dejan tocar las tijeras de la cocina, pero estas son distintas. Son pequeñas, perfectas para el pelo.

Billie cree que la dejarán usarlas, así que las coge, esperando que sean mejores que las suyas.

Parecen muy afiladas,
de modo que decide probarlas.
Coge una de sus coletas,
da un pequeño corte y...

¡ZAS!

Uy, sí que están afiladas, sí...

La coleta de Billie cae
en el lavabo y allí
se queda, con pinta de
ratoncillo peludo.

¡CÓRCHOLIS!

Billie se mira en el espejo y no se ve nada guapa. De hecho, se ve ridícula. No puede ir por ahí con una sola coleta.

¡TODO EL MUNDO SE VA A REÍR DE ELLA!

Así que Billie le da un tijeretazo a la otra coleta. Ahora los dos lados están igualados.

Billie
mira las dos coletas
tiradas en el lavabo
y se sorprende de lo fácil
que le ha resultado cortarlas.
Desearía volver a pegarlas
en su sitio. ¡A Billie
le gustaban sus
dos coletas, y ahora
no tiene
ninguna!

Billie
se contempla
en el espejo mientras
las lágrimas ruedan
por sus mejillas.
¡Ojalá no hubiera
encontrado nunca
esas tijeras!
¡Ojalá pudiera
recuperar sus
coletas!

Billie intenta dejar
de llorar, pero no puede.
Está HORRORIZADA,
tanto que le gustaría
encerrarse en su habitación
para siempre.

En ese momento, Billie
ve a alguien en la puerta
del cuarto de baño.

ANGUSTIADA, gira la cabeza
y comprueba que...

¡Sí, lo has adivinado!

¡Es Jack!

—¡Billie! ¿Qué has hecho?
—le pregunta su amigo,
IMPRESIONADO.

—¡No me mires, Jack,
por favor! —exclama Billie.

—¡Te has cortado las coletas!
—dice el niño, con los ojos
tan abiertos que parecen
pelotas de tenis.

Billie se tapa el pelo con las
manos y replica:

—¡No se lo digas a mi madre!
¡En qué lío me he metido!

—Pero ¿qué piensas hacer?
¡No puedes esconder el pelo
para siempre!

—¡Llevaré un SOMBRERO
hasta que me vuelva a crecer!
—exclama Billie.

—No seas tonta —dice Jack—.
Se lo tienes que contar a tu
madre. Ella sabrá qué hacer.

Billie agacha la cabeza y vuelve
a llorar.

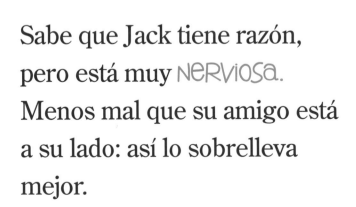

Sabe que Jack tiene razón,
pero está muy NERVIOSA.
Menos mal que su amigo está
a su lado: así lo sobrelleva
mejor.

Capítulo 4

Sin muchas ganas, Billie entra
en la cocina, donde
se encuentra su madre...

Está sentada en la mesa,
leyendo el periódico.
Levanta la cabeza
y ve entrar
a los niños.

—¡Ay, Billie! ¿Qué te
has hecho? —exclama,
MUY SORPRENDIDA,
poniéndose en pie.

Billie
arruga la cara,
se tapa los ojos y empieza
a llorar.

—Estaba jugando a los
peluqueros —confiesa,
sollozando.

La madre de Billie la abraza
muy fuerte y dice, tocando
sus minicoletas:

—Mi loquita...

—¿No
estás ENFADADA?
—le pregunta Billie,
que levanta un poquito
la cabeza y observa
a su madre con ojos
húmedos.

Jack, mientras tanto,
se queda al lado
de su amiga, dándole
ánimo con la
mirada.

La madre de Billie se sienta en una silla y contesta, con el ceño fruncido:

—Bueno, sí, un poquito. ¡Sabes perfectamente que no te dejamos jugar con las tijeras!

—Lo sé —admite Billie con tristeza—. Y LO SIENTO MUCHO, de verdad.

Pero entonces, una pequeña
sonrisa ilumina el rostro
de la madre de Billie,
que le cuenta
a su hija:

—¿Sabes qué? Cuando
era pequeña, yo hice
exactamente lo mismo que tú.

—¿En serio? —pregunta Billie,
sorprendida—. ¿Te cortaste
las coletas sin querer?

—Sí, igual que tú. Aunque
yo acabé con un aspecto
muchísimo peor —ríe la madre
de Billie—. Se me quedaron
los pelos de punta. Tú te has
dejado bastante pelo...
Aunque será mejor que
vayamos a un peluquero
de verdad, ¿no crees?

—Echo de menos mis coletas...
—dice Billie después de pegar
un GRAN SUSPIRO.

—Ya lo sé, cariño, pero no te preocupes... Glenda te hará un corte de pelo magnífico. Ya verás, ¡es capaz de arreglar el peor de los desastres!

—¿Puedo ir con vosotras? —pregunta entonces Jack.

—Desde luego, pero primero pídeles permiso a tus padres.

—¡Nos vemos en la puerta de mi casa! —exclama Jack, que sale corriendo y vuelve a colarse en su jardín por el hueco de la valla.

—¡No tardes mucho! —exclama Billie, EMOCIONADA, pues ya está imaginándose el PEINADO SUPERCHULO que Glenda le va a hacer.

¡Además, Billie está encantada porque ya no tendrá que ponerse sombrero!

—Venga, Billie, prepárate —dice su madre, a quien la niña abraza muy, muy fuerte.

«Jack tenía razón —piensa—. Mamá siempre sabe qué hacer».

BILLIE B. BROWN

EL MENSAJE SECRETO

Capítulo 1

Billie B. Brown tiene un mono
de playa, siete conchas
y un cubo de plástico
de colores con su pala.
¡Ah, y unas chanclas muy
bonitas!

¿Sabes qué significa la B
que hay entre su nombre
y su apellido?

¡Sí, has acertado! Es la B de

BAÑO

CONCHAS

MONO
DE PLAYA

CUBO

PALA

CHANCLAS

Son las vacaciones de verano, y Billie B. Brown está en la playa.

Su madre lee un libro bajo una sombrilla, y su padre, el periódico. A ratos, los dos se quedan dormidos.

¿Te imaginas lo aburrido que es estar con ellos en ese plan?

Billie se aburre tanto que
decide hacer un castillo
de arena, el más más grande
y bonito que se haya visto
nunca.

Billie se echa un poco
de crema, se sienta en la arena,
al sol, y empieza a hacer
su castillo.

Cerca hay una familia con
dos niñas que también están
haciendo un castillo de arena.
El suyo es ENORME Y
PRECIOSO.

Billie se siente un poquitín
CELOSA. Le encantaría
que Jack, su mejor amigo,
estuviese allí, con
ella, ayudándola.

—¡A comer! —dice
de pronto la madre de Billie.

¡Ya era hora! ¡A Billie le ruge
la tripa de hambre!

Billie camina con dificultad
por la arena y se sienta bajo
la sombrilla. Su madre
le da un sándwich de plátano,
su favorito. Aunque se ha
restregado bien las manos,
al morder el sándwich este
cruje... ¡por culpa de la arena!

¡PUAJJJ!

—¿Quieres que te ponga
una ración extra de arena
en el sándwich? —bromea el
padre de Billie al oír el crujido.

Dice lo mismo cada vez que
comen en la playa, pero Billie
siempre se ríe. A pesar
de haber oído ese comentario
un montón de veces, le sigue
haciendo mucha gracia.

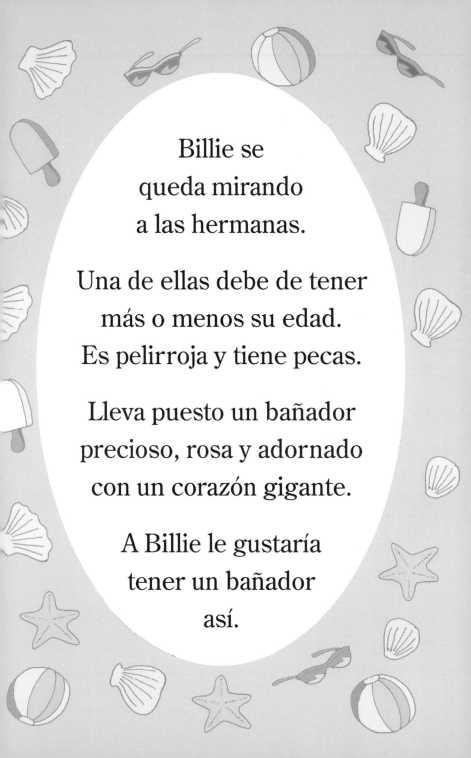

Billie se
queda mirando
a las hermanas.

Una de ellas debe de tener
más o menos su edad.
Es pelirroja y tiene pecas.

Lleva puesto un bañador
precioso, rosa y adornado
con un corazón gigante.

A Billie le gustaría
tener un bañador
así.

—¿Por qué no les preguntas si te dejan jugar con ellas? —sugiere la madre de Billie.

Pero Billie agita la cabeza negativamente, porque le da VERGÜENZA. Le encantaría jugar con esas niñas, pero no se atreve a preguntarles.

«¿Y si no quieren jugar conmigo? ¿Y si se ríen de mí, o me tratan mal? No, más vale que juegue sola», piensa Billie.

Capítulo 2

Cuando Billie se acaba
el sándwich, vuelve
a su castillo, decide
que necesita un foso y cava,
cava y cava...

Hasta que, de repente, su pala
choca contra algo duro.
¡CLINK! Mete una mano
en el agujero y toca algo
de superficie suave.

Billie cava más hondo hasta
que saca una botellita verde
como el mar, del tamaño
de su mano.

La mira al trasluz,
preguntándose si habrá algo
dentro: ¿un mensaje?
¿Tal vez un pececito?

Pero el cristal es tan oscuro
que resulta imposible saber
si hay algo dentro.

En ese momento pasa una niña
recogiendo conchas.
Ve la botella que Billie tiene
en la mano y dice:

—¡Oohh! ¿Qué hay dentro?

—No lo sé —responde Billie,
encogiéndose de hombros.

—Qué bonita es —comenta
la niña, que estira unos dedos
llenos de arena para tocar
la botella.

—Me llamo Billie.

—Yo me llamo Charlotte
—se presenta la niña—.
Y esa es mi hermana,
Harriet —añade, señalando
a la niña del bañador rosa.

«Harriet... Qué nombre más
bonito», piensa Billie,
a quien entonces
se le ocurre una idea.
Una idea ESPLÉNDIDA.

—En realidad, creo que dentro
de la botella hay un mensaje
secreto —le susurra Billie
a Charlotte—. Probablemente
de un pirata.

—¡Vaya!
—exclama
Charlotte,
con los
ojos como
platos—.
¡Se lo tengo
que decir a Harriet!
¡A mi hermana LE ENCANTAN
los piratas!

Billie se queda mirando cómo Charlotte corre por la playa hasta reunirse con Harriet.

La pequeña está tan emocionada que se le caen algunas conchas por el camino.

Billie, por su parte, está encantada: ¡PaReCe QUe SU PLaN FUNCIONa!

Capítulo 3

Por la tarde, Billie y sus padres van a comprarse un helado.

Billie siempre escoge el de plátano con pedacitos de chocolate, y además le gusta echarle por encima fideos de colores.

A Billie le gusta el plátano de todas formas: en sándwich, en helado, en batido... ¡Hasta frito!

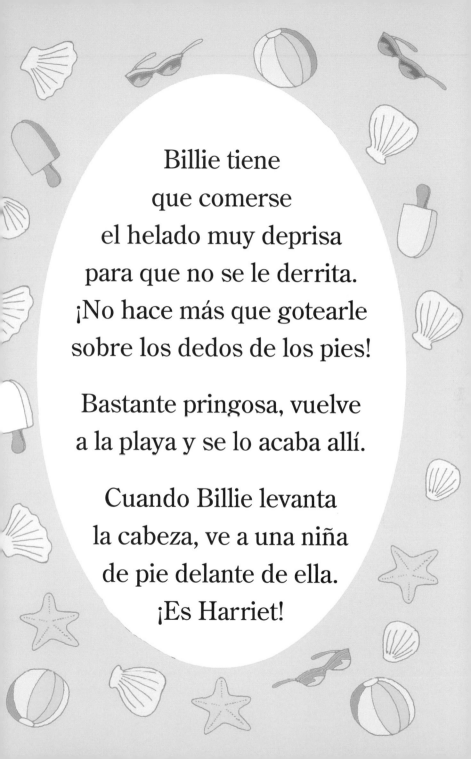

Billie tiene
que comerse
el helado muy deprisa
para que no se le derrita.
¡No hace más que gotearle
sobre los dedos de los pies!

Bastante pringosa, vuelve
a la playa y se lo acaba allí.

Cuando Billie levanta
la cabeza, ve a una niña
de pie delante de ella.
¡Es Harriet!

El corazón de Billie aletea
como una mariposa.

—Mi hermana
me ha dicho
que has encontrado
una botella con un mensaje
dentro —dice Harriet—.
¿Puedo echarle
un vistazo?

—¡Claro! —exclama Billie.

Luego saca la botellita
de un bolsillo y Harriet
examina el oscuro vidrio.

—No veo ningún mensaje
—dice, frunciendo el ceño.

—Tiene que ser muy
pequeñito para que quepa
—contesta Billie.

—Hmm... ¿Quién crees que lo
habrá escrito?

Billie se encoge de hombros.
Está un poco AVERGONZADA.

—Un pirata, probablemente.

—¿O quizá una princesa...
que fue capturada por
los piratas? —sugiere Harriet,
sonriendo.

—O quizá
lo escribió
el príncipe
que iba a
salvarla —continúa Billie,
ᴇᴍᴏᴄɪᴏɴᴀᴅᴀ–. Pero no pudo
hacerlo, ¡porque su barco
se hundió y él

se quedó atrapado en una isla desierta!

—¡Sííííí! —responde Harriet—. Oye, ¿quieres ayudarnos a construir nuestro castillo de arena?

Billie mira a su padre y este contesta rápidamente:

—¡Puedes ir con Harriet, Billie!

—Pero déjame que antes te eche un poco más de crema solar —dice su madre.

Luego Billie corre tras Harriet hacia el enorme y precioso castillo. Allí las espera Charlotte.

Billie les muestra la botellita y entre las tres intentan adivinar qué hay dentro.

Billie se siente muy aFORtUNaDa de haber encontrado una cosa tan mágica, y de pronto se le ocurre otra idea.

Con mucho cuidado, coloca la botellita en lo alto del castillo, donde queda genial.

Ahora es el castillo de arena más grande y más bonito de toda la playa. Charlotte da saltitos de emoción y Harriet hace el pino.

Billie decide imitarla.

A Billie se le da muy bien hacer el pino, pero no tiene costumbre de hacerlo en la arena, que es menos firme que el suelo. Así que tiembla, se tambalea y finalmente...

¡PLaF!

Billie se cae justo encima del castillo.

Harriet y Charlotte se quedan con la boca abierta.

Billie se levanta deprisa, pero es demasiado tarde. El castillo de arena está DESTROZADO.

Billie lo observa apenada y, en medio de las ruinas, descubre la botellita verde. La ha partido limpiamente por la mitad.

¡QUÉ DESASTRE!

Charlotte y Harriet se arrodillan para mirarla más de cerca y es entonces cuando la tres niñas ven que..., que dentro no hay nada.

Nada de nada.

Billie se tapa la cara con las manos. Le caen gruesos lagrimones por las mejillas. Agarra las dos mitades de la botella y corre de vuelta junto a sus padres.

Capítulo 4

Para Billie, este es uno de los peores días de su vida por ③ razones:

1. Ha hecho un castillo de arena y ha destrozado otro.

2. Ha encontrado una botellita y la ha roto.

3. Pero lo peor de todo es que había hecho una amiga y se ha cargado su amistad...

Harriet sabe ahora que no había ningún mensaje dentro de la botella, que Billie se lo inventó. ¡Y Harriet ya no querrá ser amiga de Billie!

Billie se sienta en la toalla, bajo la sombrilla, y LLORa DESCONSOLaDamENTE.

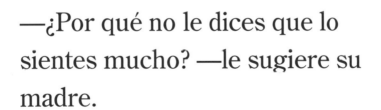

—¿Por qué no le dices que lo sientes mucho? —le sugiere su madre.

Pero Billie NO SE atREVE a hablar con las dos hermanas.

Le da mucha VERGÜENZA,
¡sobre todo después de la que
ha montado!

Sin embargo, de pronto, Billie
recuerda que a ella y a Jack
se les dan bien un montón de
cosas.

Se les da bien colgarse del
puente de barras y se les
da bien hacer cabañas.

Se les da bien el fútbol
y se les da bien preparar
fiestas nocturnas.

Pero a Billie B. Brown
lo que se le da realmente
bien es tener buenas ideas.

Así que se frota los ojos,
mira la botellita rota que tiene
en la mano y se le ocurre
una idea. ¡Es la idea más
REQUETEMAGNÍFICA que ha
tenido en todo el día!

Billie arranca la esquina de
una página del periódico de su
padre. Después coge un lápiz
morado y escribe con letra
muy menuda:

Querida princesa Harriet:

Siento muchísimo haberme cargado tu castillo de arena. ¿Puedo ayudarte a construir otro?

Si quieres ser mi amiga, responde a este mensaje, por favor.

Firmado:
CAPITANA BILLIE

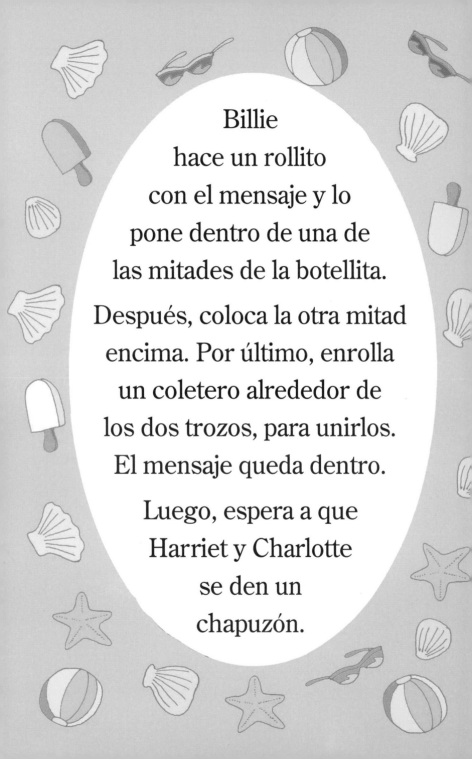

Billie
hace un rollito
con el mensaje y lo
pone dentro de una de
las mitades de la botellita.

Después, coloca la otra mitad
encima. Por último, enrolla
un coletero alrededor de
los dos trozos, para unirlos.
El mensaje queda dentro.

Luego, espera a que
Harriet y Charlotte
se den un
chapuzón.

Entonces
corre hasta las toallas
de las niñas, deja la botellita
sobre la de Harriet
y regresa a su sitio.

Harriet es la primera en salir
del agua. Coge su toalla y
Billie ve cómo la botellita
cae sobre la arena.
Harriet la recoge...

... y Billie vuelve la
cabeza. ¡No quiere
ni mirar!

Poco después, Charlotte
corre hacia Billie
con la botellita en la mano
y se la da a Billie. Ella la
abre, CON EL CORAZÓN
ACELERADO, pero...

¡Oh, no! ¡La botella está vacía!

Billie agacha la cabeza.

¡Parece que Harriet
ya no quiere ser su amiga!

¡REQUETECÓRCHOLIS!

—Ah —dice la pequeña Charlotte—, se me olvidaba. La princesa Harriet dice que le encantaría ser tu amiga. También dice que siente no haber metido ningún mensaje en la botella, pero no tenía papel, ni bolígrafo.

Entonces Billie estalla en risotadas.

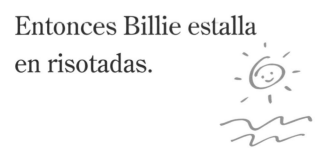

Al final, resulta que este no es el peor día de su vida, sino uno de los mejores.

Billie está en la playa, brilla el sol y, sobre todo, ¡tiene una nueva amiga!

Lo único que falta para que el día sea perfecto es la compañía de Jack.

BILLIE B. BROWN

ÍNDICE

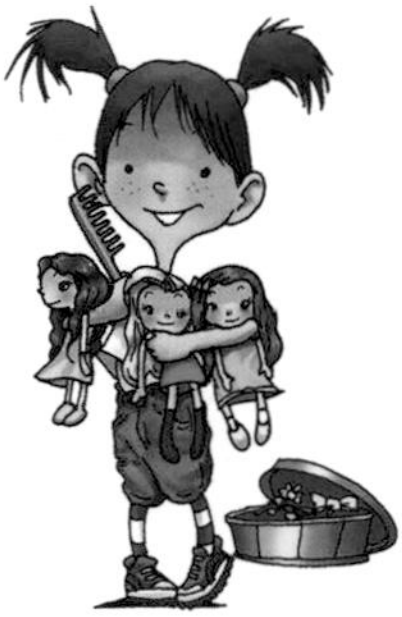

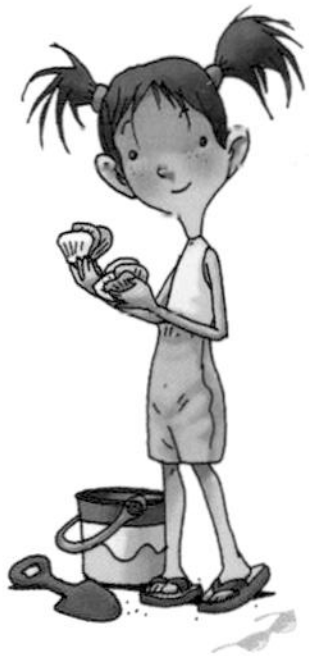

TÍTULOS DE LA COLECCIÓN